湖畔诗文丛刊

诗韵幽香

孤湫崔 著

中国书籍出版社
China Book Press

图书在版编目（CIP）数据

诗韵幽香/孤湫崔著.—北京：中国书籍出版社，2020.2

ISBN 978-7-5068-7719-0

Ⅰ.①诗… Ⅱ.①孤… Ⅲ.①诗集—中国—当代 Ⅳ.①I227

中国版本图书馆CIP数据核字（2020）第027619号

诗韵幽香

孤湫崔　著

责任编辑	刘舒婷　李田燕
责任印制	孙马飞　马　芝
封面设计	中联华文
出版发行	中国书籍出版社
地　　址	北京市丰台区三路居路97号（邮编：100073）
电　　话	（010）52257143（总编室）　（010）52257140（发行部）
电子邮箱	eo@chinabp.com.cn
经　　销	全国新华书店
印　　刷	三河市华东印刷有限公司
开　　本	710毫米×1000毫米　1/16
字　　数	151千字
印　　张	13
版　　次	2020年2月第1版　2020年2月第1次印刷
书　　号	ISBN 978-7-5068-7719-0
定　　价	78.00元

版权所有　翻印必究

序　言

光阴荏苒，岁月如歌。

经历了人生四十五个春秋，心里时常充溢着一种莫名的情怀，一种难以言喻的感慨。在丝丝烟缕中，思潮时而澎湃，一些零乱的记忆也会在不知不觉中阵阵袭来。

童蒙留下的欢快，青春奔放的精彩，栉风沐雨中的无奈，总久久地、悄悄地、无声地徘徊。

昼和夜一直不断交替，四季轮回，无怨无悔，而我却懒散地碌碌无为。独自在清澈如玉的湖水旁，看着葳蕤葱翠的草长，那种柔和静谧的清雅折射出生命耀眼的光芒。

爱情的美，青春的贵，夕阳西落，暮色恋歌。一切似乎平平淡淡、简简单单，可寻常的故事里却又隐藏着太多的不甘。

青山胸臆高在，风清天地往来。流水载满春情，酒香蕴藏浓意。而我的心，却迷茫得不知所以。

当一阵冷风吹过，又陷入了悲悯的漩涡。年华易逝，韶光难留。经过的事，走过的人，总会在睡梦中反复出现，且挥之不去。

真情的涟漪，独有的记忆，回味总是那么甜蜜，那么诗意。我不想再去忘记，心底的话语，思绪的累积，就让皓洁的月光来轻轻地慰藉。

开一盏明灯，透过密密麻麻的字迹，将热情的、伤痛的、拥有的、失去的，从过去到现在的，都一一溶释于纸上。与日后记忆的海洋，共同镌刻一曲诗韵幽香。

孤湫雀
二〇一八年正月于江陵

目录

梅·兰·竹·菊

梅·兰·竹·菊 ······ 3
彼岸花 ······ 7
诗是七彩色 ······ 9
化　蝶 ······ 11
生命的热爱 ······ 12
失　意 ······ 14
落　花 ······ 16
苍　松 ······ 17
相遇的美 ······ 19

风·花·雪·月

风·花·雪·月 ······ 23
罗布泊 ······ 27
芸　苔 ······ 29
无花果 ······ 30
隔夜茶 ······ 31
人生七巧板 ······ 32
小河公主 ······ 34

夜来香	36
无奈的人生	37
雏　鸟	39
中国龙	41
心中的太阳	42
思君行	44
母　亲	46
风中的记忆	48
抆　泪	50
绿　叶	52
单身汉	54
尘封的恋情	55
理想的光	57
戒　指	59
照片联想	60
醣　酒	62
九重天	63
吻昕断梦	64
桃花梦	66
殇	67
花葬魂	68
雾锁境梦	69
流　星	71
我不想说话	73
生　死	75
悟	77
佚　失	79

十面埋伏	81
假如生活欺骗了你	82
对不起	84
等	86
星星·月亮	88
年 轮	90
月下红娘	92
花 祭	94
故 乡	96
雨 滴	98
未了的情歌	99
一个人	101
红楼叹	103
思 念	105
夜苍穹	107
骷髅花	109
情结龙渊湖	111
滨江情思	112
火	114
你的离去	115
季节的路口	116
坚 持	118
你我他	119
镇安寺铁牛	120
虔心的地球	122
树的冰凌	123
心的圈囿	124

趁着年青	125
流　连	127
卑微的相遇	128
故　事	130
昙　花	132
心　跳	134
虹　霓	136
花　待	138
平凡的生活	139
中间走来	140
情书告白	142
泪滴夕阳	144
清明祭	145
成长的幸福	146
联　想	148
迎接现在	149
离　乡	150
七　夕	151
梦回楼兰	152
牵　引	154
倒饮虚壶	156
阡　陌	158
缘分的天空	160
物　春	162
爱情的路	163
不要用凄酸的泪隐饰自己	165
魑魅魍魉	167

葬　花	169
人生四季	171
冬　雪	173
生日快乐	175
明天的早晨	177
笼　鸟	179
如　果	181
孟婆汤	183
伤　秋	185
情　蛊	187
白衣的爱	189
尸香魔芋	191
雪　莲	193

梅·兰·竹·菊

梅·兰·竹·菊

（一）

雪虐寒

风饕然

嚣嚣白茫一场

润泽天

气若闲

庭院馨红灼眼

舞之翩翩

钦点红尘绝恋

形展

怿怿羞容掩

意态

猗猗笑中来

馥郁送

擦点枝杪身缩影

叶瓣丛

情含翠玉韵丹心

啊　红梅

人间因你嫣婉而醉

悄欤花落究竟为谁

（二）

娇媚柔胆

蕴美笑含

浅浅一抹清香

淡淡一片心兰

如痴

恬静蕙质情迷

如梦

悠闲共度晚风

幽僻在清雅的尘俗

缠绵着甘甜的雨露

娴静

飘隐

无声无息

朵朵娇容显贵

束束暗予增辉

兰花

伴你一生馨气入寐

风晓花魂几番云追

(三)

祁寒风动

冰霰浓浓

苍木突兀万树槁

青竹亮节步步高

频频弯腰

韧性难屈臻格调

翠掩气色争夕朝

不妖

平平秋凛千古傲

不骄

枝累托起万叶滔

不言

对苍天豪笑

不语

令粉妆折腰

物换星移

凝神而聚

誓将青容人间秀

唤回春光覆九州

(四)

菊花黄

秋晚香

花开璀璨化苍茫

风吹夕阳度芬芳

傲霜

荡气回肠

恃娇

粉白黄绕

情意楚楚怀中笑

曲点寒寒胸臆高

是你　妆扮着秋瑟的矫情

是你　延伸出生命的美丽

是你　将严寒层层的牵引

是你　感叹着大地的气息

也只有你

才懂得冰肆冬嫁

————香消天涯

彼岸花

打开天堂的锁
赴地狱承受浴火
不去在乎别人的传说
今生
我只等待你一个
就算是飞蛾扑火
期待的眼神只为你而闪烁
千年
你看不到我艳丽的绝色
千年
我看不到你绿叶的纤合
在这幽幽静河
如果遗憾是种枷锁
我们彼此的无奈又该如何

撬开地狱的门
向天堂冉然飞升
撒落人间的一缕青魂

来世
请记得我的样子
几世的情海无休
真希望时光能为我们停留
那时
让你看到我嫣红的花誓
那时
让我倾听你月下的情诗
缘爱痴痴难至
如果能穿透生死
可不可以解脱沉沦的相思

彼岸　彼岸　两两不能相望
彼岸　彼岸　血枯泪尽肝肠

诗是七彩色

如果别人问我诗是什么
无疑
诗是七彩的色
红橙黄绿青蓝紫
红色渲染着生活
激荡心里的情波
当诗镶嵌它的轮廓
才能释放时尚的融合

橙色改写着快乐
描绘出灿烂的硕果
当诗将它浓墨淡抹
才会凝结幸福的收获

黄色为辉煌讴歌
忍不住将富贵连锁
当诗散发光芒四射
将会把历史逆流成河

绿色延伸着生命
默默地珍惜这和平
当诗为它播撒宁静
温暖蕴含青春的娇情

青色上演着坚强
总会去唤醒那希望
当诗清脆为其铺张
它却拿庄重敞亮呈祥

蓝色重复着忧郁
总是要将烦恼隆起
让诗凿凿熨平狼藉
愉悦的心不会把快乐抛弃

紫色旋转着神秘
隐藏着无穷的魅力
诗会烙下深刻印迹
就让月光驱走内心的恐惧

七彩的诗
七彩的色
共同调和出生活的光泽
共同谱写出生命的焰火

化　蝶

当夜幕来到
我用丝将自己轻轻缠绕
无须嘲笑
只想让一个人的世界静悄悄
一份自由空间
有种寂寞的怨
可在狭小的空隙中
到处贴着你的姝颜

当黑夜降临
作茧锁住一颗失落的心
无须悲怜
梦想一定会让生活多彩多变
耐住沉闷的圆
吮吸爱的泉眼
化蝶萦绕的尘世缘
婉娈深引风雨思念

生命的热爱

生活这般美好
那就让生命扬起高潮
茏葱翠意的小草
虽然只有纤细的腰
可它将大地深情拥抱
让绿色遍迹在天涯海角

生活这般美丽
那就让生命创造奇迹
丛林中的黄鹂鸟
总是欢快地嘤嘤鸣叫
催促着山峦呼唤白云
闲时的蝴蝶忙寻觅知音

生活这般美妙
那就让生命桃枝天天
天地是那么的神奇

白昼总是将黑夜唤醒
星星月亮的长伴长依
能让分离再次重新相聚

失　　意

大地沉沉地睡去

星星迷茫地眨着眼睛

安谧

好梦难醒

梧桐伸展着它的臂肢

栀子花散发着它的嫩稚

一切平静

一切悄然

分分秒秒地过去

在夜的缝隙中

零碎的记忆回荡在夜空

时光虽然送走了繁华

月光却计较着残留的情话

是你

是我

无数的春早枝芽慧

如今的冬晚花容飞

怨言

忏悔

怜怜天地间一滴泪

落 花

笑看人间如画
牵手一起天涯
问彩云
粉妆化
流连戏蝶任凭风华

春夜梦境几重
穿越似水情衷
浪千叠
亭台榭
醑酒饮尽月里相约

飞花落
遐思多
裁断愁离错
一半悬枝上
一半浮水塘

苍　松

寒冷的风狂舞出寂寞的无助
街衢的灯承受着冬雨的唐突
被交响的苍松
依然清癯挺立在夜空
无欲的坦荡
赤诚的衷肠
让朴实的衣着迎岁月沧桑

漠世的同僚已将根扎土憨笑
仓促地逃避那些冰冽的煎熬
被泯灭的节操
亵渎着纯正的心跳
笃守的信条
灵魂的滋扰
任冷漠和惧悼随灰色沉消

我要赞美你的孤傲
鄙夷漠视的薄凉

我要赞叹你的神貌
鄙视多余的渺小

咏坚骨峥嵘常驻
换庄容取代萧容

相遇的美

夜冷
烟落风尘
梦真
形单空恨
晚春
零断香魂
月升
风泠箫声
欲吻
心陷孤城
飞呀飞
拎不动心里的罪
追呀追
人世繁华
寻找你我当初相遇的美

风·花·雪·月

风·花·雪·月

（一）

我是风

所以哭泣

因为没有真实的躯体

我是风

所以小气

因为怕你承受不起

我是风

所以快乐

因为到处都有我的歌

你有你的热情

我有我的使命

任岁月如何变迁
我痴　我怒
我哭　我笑
都只能与时间奔跑

（二）

花谢了
拖着难舍的无奈
同沮丧落入尘埃
等待　只想你的到来
绽放　只为你而精彩
尤如石沉大海
悄悒的期待
期待到岁月渐老
容颜消散
用尽最后的余香把你召唤
我的爱
我的爱
只有渐远的回荡
填补滴血的心肠
一片空白
该走了
该走了
下次的轮回我将不再盛开

（三）

雪　飘然落下
片片恰如心中的话
雪　繁似梨花
朵朵洁白撒向天涯
轻落栅栏
醉伴湖畔
赶走了夜的惆怅
皑皑驱散了阴暗
更将思念送达到梦乡
轻软地绒装
以透彻的清凉
铺盖在漫漫大地之上
天是那样的静
地是那样的宁
柔露的情
黏绵的意
映衬出晶莹的凡心
你若即　若离　若嫌弃
我便销声匿迹
——魂归故里

（四）

月儿

朦朦　清清　淡淡

月儿

明明　静静　缠缠

为何惶遽

总是一言不语

难道让谁伤了你的心

为谁凝眸

叹喟缘来缘走

痴痴情长占据你深锁的眉沟

难休

堪忧

折其为勾

惊断了鸟啭蝉鸣

惊落了花红柳绿

期待盘悬圆定

再次表白真实的心意

水滢冰明

该不会

你早就将爱情给了大地

罗布泊

有人说
你是"死亡之海"
可到处都是坚硬的盐壳
难道你哭过

有人说
你是"地球之耳"
怎么就听不见我的叩问
为何你沉闷

散布着诡异
让人幻想着你的离奇
延续着神秘
探寻　那宽厚的身躯
求索　那曾有的体魄
历史演变出沧桑的脸
古老的风又吹开了不死的画卷

一片青葱伏地　雁鸟绿林
在那清幽的湖水旁
不时倒映出善良的姑娘
一阵刀枪剑戟　号角争鸣
在那荒乱的年代
你终于让车轮撑碎了心

所以你愤怒
用诅咒滋生着自己的魔力
所以你老去
用风沙残卷起生灵的悲悯
泪和水在一起沸腾
直到寸草不生

荒芜逾千年
摺皱出裂痕
心冷
心痛
已然都悄悄地过去
那就收起狂野
带走神秘
让结痂的伤口重新繁衍生息
把你的心
把我的心
最终紧紧连在一起

芸 苔

芸苔放
蜜蜂三三两两采花忙
遍地黄
蝴蝶上上下下步凌乱
香风阵阵
春色怡人
流露出多少的纯真
溢漾出沉醉的永恒
嫋嫋尽美
时光飞渡
这片金黄
对映云在上天过往
不一样的美丽
总是在风华中升华
又在升华中繁华
大自然
好一个朗朗的家

无花果

你的冷漠辜负了我的执着
你的转身抹杀着绚丽的春色
恋恋情舍
你用悭吝包装起以往的色泽
又用无奈伪装出怜人的难舍
算了吧
没有花开的结果
将惝恍的心煮入酒中成歌
算了吧
一颗酸涩的苦果
昨夜的粱醍还泛着刚才的红色
只是添了风的哆嗦
泪在强迫
也许真正流淌的是水
或许真正失去的是累
片言碎语
拥抱该有的
放弃无谓的

隔夜茶

我把心摘下
放入杯中
用滚烫的水轻轻融化
做成一杯真心的茶
等待你喝下它

你无视的搁下
目染云霞
勾勒天边的朦胧情画
怎堪夜幕孤声泣花
让我成了隔夜的茶

一份透心的忘
一种隔夜的凉
散失了爱的营养
纵然回身
捂热的杯中已不再有——
昨日的芬芳

人生七巧板

人生是块七巧板
当不经意的翻转
不同的形状成列平常

人生是块七巧板
当用尽心去挑战
它会打开智慧的棂窗

包罗人生万象
喜怒哀乐羞
不要让懒惰阻滞了生长
真理淋漓酣畅
自有正气迎风凛然
酸咸甜苦辣
让激荡的理想四海为家

变幻莫测

稳重的脚步插上翅膀
人生百味
矫健的身影侍奉朝阳

小河公主

沉睡的梦还未行至终点
美丽的容颜却在黄沙中惊现
如此的疲倦
谁让烈日曝晒着我的脸
不想睁开的眼
怕又走回到历史的前沿

沉睡的梦还将继续向前
我的魂勇敢驰骋在白云蓝天
曾经的眷恋
扬鞭催起远古的绿色情缘
千年的宿愿
请不要夺走这份爱的积淀

绒白的毡帽
好让你能在时空中把我寻找
万万遍
我心爱的人

你在哪里忧伤

秀舒的发丝

只为你系上永恒的盟誓

千千年

我心爱的人

你是否在把我思念

摘下你亲手插上的鸟羽

轻轻地

让它高飞

飞回你的身边

看看我的美　我的泪

夜来香

一阵阵
一缕缕
暗淡的馨香
在静夜久久绵长

一首没有音的旋律
一支没有词的章曲
夜来香
相思蔓

你曾为月残而感叹
也曾为秋寒而颤胆
总悄悄地
散发出惹人的爱香
将大地
再一次牵引到幽韵的梦乡

无奈的人生

人生太多太多的遗憾
一遍遍在梦中纠缠
曾经的轻狂
灰色的梦想
无尽的雨中忧怅
一次一次在风中张望

人生太多太多的后悔
无声无力总会去回味
短暂的拥有
牵强的理由
荒芜的夜空依旧
一份一份在淡定中挽留

炽热的泪光
心中的守望
理想的风帆
雨后的太阳

人生要用双脚步步丈量

回头望辛酸

仰天是蔚蓝

雏 鸟

幼稚的翅膀已无力飞翔
歇在了枝头的那端
忪忪张望
失去了爱的遮挡
陌生的世界让你眼忙脚乱
声声的嘶鸣
竭力的呼喊
摇摇晃晃中会慢慢地成长

天空依然晴朗
让白云陪伴你坚强
心是那样的敞亮
地是那么的宽广
哪里都是前进的方向

忍一份孤独
耐一份辛苦
风雨会裹挟一段一段的路

但许馥郁芬芳

时有蒺藜攀缠

渴望

你就应该高翔

冲上云端山青绿水长

中国龙

祖国的大地山和川
抱定理想追梦去飞扬
浑身的力量
渗透历史的围墙
一片广袤绿洲的原野上
活力凝希望
实践聚荣光
将明天镌刻辉煌

五千年的华夏文明
智慧与耕耘不断孕育
开拓和进取
默默地砥砺前行
岁月磨划出道道的风景
敢为天下先
创建神州梦
腾飞雄盛中国龙

心中的太阳

太阳
照出一片金黄
那是微笑的麦浪
迎着光穿出丰收的盛装
冬种夏收
年年依旧
可父亲的双手已满是褶皱

太阳
黄灿灿的谷香
涌动着幸福的酣畅
泥土迎接汗水四季的追赶
春种秋收
如此耕耘
晚风却吹着父亲渐驼的背影

山的脊梁
吐出的烟圈将劳累驱散

心中的太阳

撑起着家的温暖

总是默默将夜的寒凉

一个人无声地让梦带向远方

思君行

柳梢窥
妍花蕊
形醉窗棂成双对

玲珑心
舴艋行
魂牵孤舟一叶影

霏雨霏
路相随
清茶芽色淡一杯

虫萤飞
湿巾泪
钟古敲断山重回

伴无悔

依君回

朝昔妙漫夕阳归

母　亲

当皱纹爬满额头
母亲
您还要劳累多久
一道道的深沟
承载着岁月的河流

当银丝布满双鬓
母亲
您不要操碎了心
那谆谆的话语
伴月光温柔的宁静

您一生的操劳
是为了多一份我们的欢笑
您劬劳的回报
填充着我们淘气时的嬉闹
守护着
守护着

看我们一天天长高
深邃的目光
结出一片满满的希望

终于有一天
陟遐的脚步要去实现梦想
母亲
难舍的眼眶
自私藏住了那闪闪的泪光
离乡的游子
将名字刻在母亲梦呓的夜晚
爱悠悠
念悠悠
垂暮将临的路口
每每都有母亲孤单的守候

风中的记忆

当风吹过记忆的小河
那是一首童年的歌
河水轻荡着微波
树下坐着年迈的阿婆
慈祥的笑容
将童话的故事飘扬在空中

当风吹过弯弯的小河
柳絮繁衍雪的春色
阳光明媚的照射
羊群懒散在对面岸坡
咩咩的欢叫
唤醒着桃梨花满春光笑

风中片片的记忆
些许乡愁的细雨
滋润了你

滋润了我
生命的萋萋绿色
一起被悄悄映入爱的小河

抆泪

寅时
梦寤
惺忪着眼
无力
无语
阵阵狂风乱了思绪
蝉鸣知凄寂
抆泪身心疲
路遥千里难寻春花意
绵迷只因你在梦中居

辗转
难眠
不闻香凝
来来
去去
躲躲闪闪迷茫眼睛
薄荷诉衷曲

颦眉隐深情

瑷琜载不动心潮的雨

虹霓唤不回雨后的云

绿　　叶

绿叶——
当你将生命的绿色
托付给枝条的起点
我昂首长歌
透过阳光的照射
舒展出你的执着
你全身的血液
享受着大地的温热
因为你懂得
这才是你要的生活

绿叶——
当你将生命的颜色
涂写在春光的转折
我引吭高歌
几番沉浮的等待
雨露刻画你的风采
那绿茸的脉博

感应着大地的抚摸

因为你懂得

你才是盎然生机的春色

单身汉

穿越泥土的岁月
还是你孤伶伶地那双脚
曾一度裸露
还留有雨后的足步

紧关一扇驿动的心窗
撒下柔光中一丝淡淡的遐想
奔向即将开放
醉人的千里香
就这样
你悄然随梦向往
缓慢而又悠长

风在召唤
心的呐喊
你将双脚
偷偷迈过了月下的情网

尘封的恋情

很多的时候
容不得我们再去回首
十字路口
同样抉择着明天的自由

短暂
刻画出悲鸣的哀感
风干
已将昨天幽幽埋葬

你的理由
我的伤口
遗落的记忆随风拼凑
这片多叶的晚秋
酝酿出一杯杯澄黄的苦酒

承受
磕磕绊绊的生活追求

拥有
反反复复的海市蜃楼
没有相遇
就不会奇迹
还是让迈开的步履
扫净这早该尘封的恋情

理想的光

理想的光
灼进我的胸膛
东西路长自由去飞翔
千锤百炼
铁骨一般
双手托起希望的光芒

理想的光
再次穿过脊梁
天南地北任性去闯荡
风雨兼程
日夜向往
幸福之花抚平着忧伤

啊 理想
啊 光芒
泪珠聚汗水

踏平万尘灰

只为与你相伴

一同携手彩云飞

戒 指

一个圆圆的圈
拴住的一份缘
戴上手指的那一瞬间
光色耀眼

一个小小的圈
抚慰心灵的眼
当戒指穿过你的指间
魅力无限

海誓的承诺
月下的情锁
今生千千万
万万渡今生
那圈
那圆
印证了多少醉人的情牵

照片联想

你的照片藏在记忆
存放我喜欢的书里
每夜看到
你如梦的身影
一股狂流
不时撞击激动的心情
也编织出甜美的意境
失落的心
终于找到了久违的恋曲
想你　那舒心笑意
问你　心海的消息
亭亭玉立你却微笑不语
我只能带着一种神往的想象
摘一朵野花
献上一抹云霞
温情四溢
真情欲语

款款地向你走去
不愿这是一场梦景
还盼情缘长锁这和谐的弦音

醽 酒

醽酒一杯一盏
梨花一簇一放
试想
将梦打翻
能否割断这思恋的羁绊
雾霾眼蒙
在这无垠的夜空
只觉得
——月满珠红

鸿雁声长声短
江河轻波轻浪
岸滩
停歇纠缠
打破着苇荡窭窄的风盘
时光悄流
一叶摇摆的小舟
载走着
——爱怨情愁

九重天

东水滚滚望长空
夕阳万丈红
在心中

几度月明照苍谷
蝉鸣静夜丛
新曲顾

人生辗转浪汹涌
雄鹰奋翮中
依白云

欲将孤胆出九重
南来北往风
赋英雄

吻昕断梦

初入境幻

梦在前方

俏音蹁跹进高唐

琳琼韵玉透碧光

细纱浪

云霞衫

只为一人舞场

把酒欢

鬓丝芳

人生何其逍然

好一盏琉璃杯影春荡漾

酌一壶醇香永乐逗时光

释放

追想

享受这黎明前的温婉

难抵暑汗漓

浸身醒

吻昕断梦弦失音

难再续

晓破离

开窗望天宇

卿卿何再聚

桃花梦

桃花时节中
催眠几重重
情南情北邀东风

迷眼尽花海
佳人轻入怀
缘去缘留鸳丝带

霎时芬芳雨
地香暗联珠
花深叶浅共一路

怡景醉相错
惊爱泼怨多
侬你侬我梦别过

殇

月光殇
夜下蛩鸣叹
摇曳灯光
轩栏影淡双鬓化霜

时光慢
瞅天泪未干
伊人江南
参不透往事己成伤

怛怜戚切
冰融凝雪
几多欢愁凭添情怯
紫色香
青衫长
子立单身逃亡
命一场
爱终散
好不叫人空断肠

花葬魂

爱一生
情一生
社燕秋鸿世外尘
夜雨萍踪朔风冷
怜可痴
苦为嗔
了了无声
飚飚叶香沉

怨一生
梦一生
冰魄结茧断红尘
不闻门阕雨点声
空来等
古时灯
咄咄余恨
魈魈花葬魂

雾锁境梦

霜
一层一层将秋驱散
孤寒云漫
红叶萧落满地伤
风掳黄草四处藏
亭楼安
溪水潺潺
烟桥凉
青石荒荒
古筝一曲回旋转
奏出冬雨响
忽阵阵
怨声声
霜压香几分

雾
一树一树相比朦胧
直立残云

放眼莽茫素装服

雾当屏风难识路

天地共

寒意浓浓

万木矗

清寂空空

来世长眠化苍峰

任由霜雪弄

幻重重

烟笼笼

雾锁境梦中

流　星

我是一颗流星
因为短暂
所以悲壮
当划过长空
我的闪亮你可曾感动
无声的寻觅
看不见你多情的眼睛
瞬间的尘埃落定
已耗尽了我所有的光明
你在哪里
难道真愿错过这最后的分离

我是一颗流星
因为衷情
所以伤心
当穿过苍穹
我早已选择好了命运
最后的时刻

点亮自己伶仃的身影
直到燃烧殆尽
是否能感应心灵的话语
你在哪里
难道真不接受这熠烁的深情

我不想说话

我不想说话
因为没有理由让你留下
你愿意去勇闯天涯
我却想拥有一个家
好让温暖烘干夜下

我不想说话
因为窗外的雨一直在下
浇淋着生活中的真真假假
在你转身的一刹那
泪水已经流满双颊

我不想说话
因为故事的帷幕还没落下
霓虹灯下的万般繁华
系住汗水流出的嘶哑
分离经不起时间的磨挤
思念扛不住心头的爱意

颠沛流离

若疲惫已惧

回来吧

其实我一直在月下等你

生 死

承蒙上天的爱
生命去去又来来
生与死
营造出难舍的情怀

为了名而生
苦负着生活的重任
一天一天在无病中呻吟
为了利而生
忍受着无谓的纷争
一路一路在风雨中兼程
看日出又东升
怨夕阳又西沉
名利怎能在路途中永恒
就让平平淡淡在生活中成真

风尘仆仆总回顾
岁月无情终相除

距离笼罩中的迷离
寂灭灯塔里的虚拟
一生就在匆忙从容中了去
在闭上眼的那一间隙
只想听你
深情地呼吸

悟

月下红线根根长
系锁人间尘缘光
不渝曾几
别后难叙

分不清
欢来欢去几分情
看不尽
悲来悲去闹人心
风痴引花笑
雨颠刺叶哭
茫茫何处情归路
聚散匆匆南北途
本无怨无悔
却言畏声怼

玩味
道天地轮回梦在飞

缘万物同归幻相随
终究一场
空空碎
徒伤悲

佚 失

没有把你忘记
无数的梦寐总将你提及
那群卉的花
那纤秾的草
都陶醉在阳光的怀抱
你的笑靥
清亮又嫽洁
盈缺的月
常在树巅绝巘上歇
婉娩的你
总若隐若现
如似水飘缈的天仙
啊　楼兰
曾经的辉煌
令多少人把你深情向往

不会将你忘记
无限期待你远离的迷情

那古老的风

那神秘的影

都化作了流星无踪迹

你的文化

丰采又开花

探佚的心

揭开你掩饰的面纱

亘古流长

却忽明忽暗

你总是把自己深藏

啊　楼兰

逝去的魂香

如何踏寻你走过的方向

十面埋伏

势气浑欲动
剑影月下似蛟龙
冷冷寒森
音破尘
残垣曲线护心魂
暗夜笼深沉
金戈铁马朔风问
雄姿英才月绘声
鸟依林
叶落惊
燥动的气息
云痕的深匿
岁月佮偬
时光纵逝
琴瑟七分清淡，六分皆叹
离心箭
口中弦
惜惜如故
十面埋伏

假如生活欺骗了你

假如生活欺骗了你
请不要哭泣
泪水不会唤醒同情
守护自己
重新找回生活的真谛
霢霂的细雨
终究遮不住天空的美丽

假如生活欺骗了你
请不要伤心
人生本来多愁别离
珍爱自己
时间会抹去暗淡的记忆
擦肩而过
不要回顾那无谓的痴迷

生活的微笑

还需真情的熏陶

万树繁花的春来早

定会让你飞扬的梦越过山高

对不起

原谅一切的过去
我已不再年轻
先前的欲望束缚着绷硬的神经
让阴影牵绊着理想的身心
苍翠目视蓝天
白云俯视丛林
蓓蕾的初开羞人答答
阳光温和的沐浴
无数的记忆被淘汰出局
散落的故事再无从拾起
对不起
从容放弃
不过是恼人的一段插曲
对不起
茕茕前行
暗香赐予了微暮中的默许
对不起
让出真意

将笑容迎接明日的平静
郁郁花心
未来的路定用珍惜浇灌柔情

等

古城楼
悲欢旧
缩影千秋照今悠
阈外泥　芳草菁菁
思念白云
当年你我邂逅
泛滥思绪
心愿
心语
心虔祈
换得依依别离

楼台宇
春风进
相约莺啼待知音
蝶双戏　上下追觅
已是夕阳西
脚步随幕难去

不见你来

是伤

是怀

是等待

孤影久久徘徊

星星・月亮

天上的星星相伴流云
那微光
点点闪闪

弯弯的月亮哪堪忧伤
我陪你
来来往往

一幕夜静安祥
一脸巧颜梳妆
一阵微风掀起的清凉
一声蝉鸣惊落的秋霜

星光淡
月半弯
几世的纠缠
几世的追赶
让疲惫在夜晚重拾力量

让信念在夜晚重叠希望

星光光

月光光

年　轮

一箪食
一瓢水
滋养着我的身躯

一朵花
一片草
妆点着大地的颜貌

一山石
一汪泉
记数着岁月的年轮

冬秋夏春
滚滚红尘
迈开随缘的脚步
拥有与失去轮番变数
潇潇暮雨追赶燥热的泥土
心云飘飘

轻倚小桥
南北水波浅浅笑
笑开叶弯腰
岁岁枯荣照

月下红娘

念念心难忘
春光
柔柔软软
存储秋冷冬寒

朦朦眼欲穿
月光
羞羞淡淡
随雾粉饰轻妆

黄昏的逗留
湖水匀荡依旧
窃窃悠悠
缘遇
缘情

月下红娘
夜里情语花香

影影绰绰

清风

清云

一曲月圆花好春色锦

一幕鹊笑鸠舞喜满庭

花　　祭

把你放在手心
不知道哪天就会失去
所以
我攥得很紧

把你供在心上
就怕不小心把你弄伤
所以
我宁可负担

你说你要飞
我无力准备
还是将昨日的醅酒倒入酒杯
一个人静静地宿醉
夜色捆绑恓惶
香韫陪伴晚餐
余叹
纠缠

就怕月儿弯弯

紫藤泪干的记忆
荼靡坠落的纤影
终成一曲
凭添花祭

故　乡

阳光肆无忌惮的将春色奔放
喜鹊抖动着羽毛将浑身舒展
不见奇崖峰嶂
云霭迷峦
却有绿油麦浪
犬马牛羊
满缀着故乡的新装
蕴含着丰收的希望

璇穹毫不吝啬的奢华铺张
淘气的孩童将风筝线高扬
蝴蝶煽动翅膀
追赶太阳
描绘清晰的灿烂
诗的方向
驻故乡心灵的港湾
让蓝天成就出梦想

白云四方变幻将芊绵俯瞰

蓊蔚涢润藏不住迷人的浓妆

杨柳闲若自然

桃李心欢

一路清风登场

舞醉长江

听莺歌燕语入摇篮

品江汉鱼米稻花香

雨 滴

雨滴
重重敲打在地上
四溅
飞花
随即渗入地下
不再回首
黄昏依旧
往事飘流入河
难平曲赋吟孤鹤
似水年华走
万物争锦绣
人生苦短
岁月无常
即生
即灭
过眼皆成诀绝

未了的情歌

不用犹豫
不要怀疑
勇敢地交出你的心
拿出我的心
将它们牢牢的贴在一起

秋天曾留下粉红的残迹
春天也给予温馨的记忆
只怪夏太炎热
冬太冷漠
总是将那份情逼迫得苦涩

都是过去
现在已夜落星稀
大胆地走出来
别怕
重新将爱见证在月下
左手牵个你

右手画颗心

趁着和蔼的夜色

我们共同唱完那首未了的情歌

一个人

一个人
左顾右盼
想抓住那温柔的光
一个人
闭上双眼
总害怕理想的线会断

一个人
独自享受梦中的人生
一个人
无奈感受冬雨的凄冷
一个人
虽能编织一个世界
一个人
却难打发一段时间

看世间　万物林林而立
观人心　纷杂总总愈奇

该逃避　还是面对
该隐匿　还是进取
多问问那颗善变的心

红楼叹

红楼梦一场

字字满是伤

谁来

谁往

夜半深思涌

残卷百味浓

是幻

是梦

琼宇楼台显花木甭然喜枝头

蓬门荜户任红衰翠减色颜瘦

千嬿栏轩

春锁秋怨

大观园

朱萼欲泪大雪埋

葬花吟

孤影嗟叹怜自哀

呜呼

侘傺于怀

噩梦皆醒

好梦重来

让璞玉浑金铭真

淮眉黛月影还魂

置一景

初春情

婵媛步步依如故

袅娜娉婷幽幽路

闺阁心锁

唯独相思

花瑶奇草百鸟顾

寰宸尽是人间都

红楼红

梦外梦

淡妆笑看红尘中

思　念

思念是一堵墙
你站在墙的东边
我靠在墙的西边

思念是一面镜
白天我从境中走来
夜晚你从境中走过

思念是一首歌
昨天我是那歌中的词
今天你是那曲中的诗

思念是一本书
你诉尽书中的风情缱绻
我承接书中的爱意缠绵

思念啊

不要再去苦苦地挣扎

既然同处春下

何不让玫瑰早早地开花

夜苍穹

夜梦难休
春江水流
浣纱影
鸿鹄行
风前月落花无语
手指琴弦曲无续
笔尖泣
灯盏明
焚笺捎去绵绵心
诗韵幽香化苍穹
一纸相思意

露点寒秋
淡淡牵念
泪煮酒
容华愁
冰雪惊梦叹未够
空谷寂怀飞月走

山依旧

涧溪沟

千言难尽江河秀

举杯满是情难留

一醉解烦忧

骷髅花

不要害怕
我是尘世中畏怯的一朵花
小心翼翼
生怕触动别人的神经
招致厌恶的躲避
伤不起
留给自己一份无奈的思绪
心的幽邃
风的话语
谁在默默倾听
只能一生去等待
希望有人怜爱的理睬

不要害怕
我是大地上一朵惶恐的花
如临深渊
生怕别人的嘲讽指点
只能伫立着无言

夏的雨
早点蜕去这恐惧的外衣
秀的怜惜
澈的浇淋
晶光驱散阴影
莹润还原着本性
我一样的水洁冰清

情结龙渊湖

暮色垂微
草木葱翠
轻步于你那宽厚的怀中
温情感受五彩霞光赐予的恩宠
心蠢蠢欲动
陶醉愈演愈浓
柳条也腼腆的将发丝拨弄
待静夜亲吻花丛

滢渟湖水
亭台轩榭
云罅窥视你历史的情结
生态的融合拓展出幸福的蓝天
听鸟语风声
观览美景良辰
云水相连印刷向往的新生
展江陵欣荣飞腾

滨江情思

明明夜色
盈巧地披上幕纱
漫步于滨江幽静的小道
迎清风细绕
闻江水浪淘

杨柳低着头
随风感受
心却静静地呆立
寻觅你情愫的那双眼睛
垂钓一篇柔情诗意的话语

疏星寥寥
蕴藉的微笑
似雾
如雨
又仿佛梦里的云

一阵风过
带去此刻的寂寞　失落
我的恋意……

火

煲火
篝火
夜里燃烧的熵熵烈火
点亮着你
照亮着我
一生起起落落
真爱卿卿我我

诀别
告别
旋转人生舞台挥泪道别
今生相遇
来生再聚
时光平平淡淡
情窦汪汪含含

你的离去

长长的轨道上
启动你离去的脚步
面对着你
话语却很短很短

难掩内心相留的热望
一双泪眼无声地呼喊
不知如何
才能填补你失色的目光和遗憾
待慢慢走远了
又觉得
没说的话还有好长好长

路茫茫
夜暗暗
渴望搀扶着凄凉
一片深秋悲哀
在岑寂　孤意中的是徘徊
在默寞　沉静中的是等待

季节的路口

一条路
回顾才知是孤独
一颗心
夜深才知道痛楚
一杯酒
醉后才懂得情重
一朵花
斜阳才照得透红
逐梦　消除着昨日的惶恐
发梦　再一次将生活放松
美梦　给予了幸福的笑容
断梦　又要等待下个夜空
为了一个相同的结果
我们彼此经历着不同
经历的多了就累了
想象的多了也空了
收拾心情
让梦想重新起飞

只是
叶落人散
站在季节的路口
只有白云悠悠

坚 持

坚持
生活怎能没点碰碰磕磕
当理想构建出火
它会点燃你失落的心窝

坚持
生活一路就是风风火火
当夜幕疲惫静卧
请放飞梦里那心头的歌

坚持
生活的里程总曲曲折折
当勤劳换回收获
你不要抹去细腻的苦涩

坚持
生活的情结不止你你我我
当择定相濡以沫
何必计较付出谁少谁多

你我他

不要以为坐着奔驰就骑上了骏马
不要以为揣着钞票就会变成大侠
世界那么大
走着你我他
都在不同地编织着神话
你近水楼台
我向阳花开
他也将粉色装入了情怀
旋转在人生的舞台
落幕的灯火才能照射出光彩
时光悄然而逝
上苍包容着无知
给予的喝采不要自豪
赋予的掌声不要骄傲
其实我们都一样
把握得住现在
才能锁得住未来
一时的拥有那不是成功
一时的失意更不是失败

镇安寺铁牛

将风霜捂入胸口
将和煦坦露脊背
默默蹲踞
让洪水一次一次退避
那斑斑锈迹镌刻出历史的演绎
嶙峋的躯干侵受着风雪的洗礼
久远的重托
坚韧和执着
凝重望江水滚滚而过
柳绿成荫
台矶分明
蕴藏着日后的安宁
昨日骇浪不惊
今日的太阳又高高挂起
明天会留下更多的传奇
鞠躬尽瘁举首为万民
愿白云牵忠魂到天尽
永远的坚守

是责任

是赤诚

是气质

更是福祉

虔心的地球

浩瀚的宇宙
我是一颗虔心的地球
围绕着你的灼热
不停歇地游走
时光固执的憧憬着邂逅
就这样
一年复始一年
陪伴着三百六十五个无数的日夜
让初起的情窦沉沦无边
自然理法
潜移默化
寂寥的眼神只能空空守望着它
每每一轮一轮地走过
总又感受出强劲的热温穿透着我
那明明的光火
证明着你追求的是什么
而我
早该将失落沉浸银河

树的冰凌

当风掠过枝丫的冰凌
吱吱动心
仿若一首乐章延续音长
通彻的树体
毫不隐饰倔犟的本性
接受挑衅的侵袭
无法替代的热情
将饱满的生命默许赞美的话语
凛冽气自在
擎天行对排
散发的青春吸收着天空的苍白
巧用你的晶莹剔透
我用坚挺驱逐寒流
肖立之正
寂野无声
待你茫然离去
才会发觉
真实的空间耐不住掺假的虚拟

心的圈囿

幸和不幸争相上演
始终丢不开情债雾缘
从不设防的心门
唯冬雨暗恋
冷冷地感觉蹿至眉间
鼓动的心弦
捣碎的梦魇
生活的巨浪无止千变
花香惹蝶顾
鸟语寄白云
鄙吝冰消那沉痛的记忆
郁郁
卿卿
被圈囿在心灵
无欲
无求
只因流光易走
难握去留

趁着年轻

成功紧紧依附勤劳
智慧源源注入大脑
用你的手刨开生活的泥淖
用你的脚践平生活的路条
趁着年轻
不要向懒惰追跑
趁着年轻
不要向茫然脱逃
趁着年轻
不要向黑暗寻找
趁着年轻
不要向失望祷告
怯懦
让你苟且而活
彷徨
让你失去方向
勇敢

用智慧热情挑战

果断

让青春无悔沙场

流　连

宇境中
恍惚随你粘风
吹向世外雨踪
笑和欢
雾锁情长

人海中
期盼与你重逢
曾经风雨路同
错与对
真爱无悔

鸳侣仙
红尘怨
霜叶红似火
白雪大地融
一切流连
叹笑云间

卑微的相遇

我愿是水
永远仰望山的苍峻
因为平凡
只能随遇而安

我愿为草
永远仰慕树的挺拔
因为纤弱
常以牧野伴歌

我愿是雀
永远仰视鹰的翅膀
因为娇小
永远以你为傲

我愿为叶
永远衬托花的美丽
因为平静

一切蓬勃生机

只因世间有你
我愿卑微地和你相遇
将那份期许
永远放射到五光十色的生活中去

故　　事

故事里的巧然邂逅

将情开头

故事里的雨恨云愁

将爱分手

借一个你

再借一个我

穿插在时空的缝隙

用简单的美丽

委婉陈述着爱的神奇

开始爱得太真

迁就着万般的不同

湿透的心酸却已含泪欲动

最后爱得太沉

肩膀难以承受

学会慢慢逃避渐浓的疼痛

一场爱情革命的失宠

一幕生活难脱的囚笼

剧末

始终

欢爱如风

昙　花

没有牡丹的富丽华贵
缺少芙蓉的吉祥貌美
把自己置身于夜色的周围
轻落孤纱
让自己脱颖变化
翩翩舞姿
让自己凝月而恃
为谁娇媚
该谁陶醉
洁白打乱了朦胧的星辉
馨香散发出深邃的暧昧
水云路
孑然苦
一生怅惘望天途
泣不成珠
醺酥玉壶
饮尽奔腾的放纵

脉脉情怀为待

短短一现成衰

最后只得将心踟躇在夜的空白

心　　跳

雪覆盖着苍茫大地
瘗埋了秋天的脚印
雪中
有你

水微漾沉睡的土地
也扫视天上的星星
水中
有我

两颗相望的心
总是碰不到一起
彼此着错过
情被羞涩地一次一次淹没
擦肩
回眸
再擦肩　含住你的微笑

再回眸　凝住你的眉梢
请伸出小手
让我慢慢缠绕这热烈的心跳

虹 霓

用一份惊艳
将一份绚丽
悬挂在空中

似弓
射向茫茫苍穹
为了心里的感动
把荣耀贴在了雨后风中

似桥
穿梭着心灵的美妙
串联出情感的依照
让随缘的脚步恬恬一笑

似彩带
系住人生的理想
价值体现耀眼的光芒
让七彩的生命满载希望

似小河

童年梦的流淌

曾经的你我

让微笑牵走懵懂的当初

虹霓若是雨霁的快乐

那夕阳便是黄昏的恋歌

花　待

畴昔盼花开
今时花期待
唯唯不见我去采
春满翘枝呆
难怪……

芭蕾绽新颜
招忮姑娘羡
南来北往万千客
清齿对花歌
秀色……

潺潺溪水清
今年难相聚
待到明春缘归至
愿做花下痴
香思……

平凡的生活

不要你的热情似火
不要你在冰霜冷漠
平凡的日子
悄悄用真诚打湿心窝
太阳的升起
还需清风奏出和煦
冬雨的飘落
才能浇灭夏日的火
季节的交错
纷杂的生活
不要去触碰虚假的暗色
掩掩而气
凝凝成冰
似你
如我
遵循生活的一往如故
选择心灵的一方净土

中间走来

将天和地分开
我从中间踏步走来
带着一身尘埃
迎向大海
张开双臂
用爱将潮汐推向霞绮
编织锦绣环宇
让滢滢碧波焕发生命
让绵绵云彩绚丽可亲
天是那么的蓝
地是那样的广
水是那么的美
心是那样的静
若将思想沸腾
如果心胸博大

试问

未来

你还有什么舍不得放下

情书告白

我爱你
秘密承受不了压抑
做出简单的处理
向蓝天
向白云
见证奇迹

我爱你
飞越天和地的距离
迎着风
顶着雨
勇敢前进

我爱你
心扉叩起千头万绪
用包容陪伴笑容
花前梦
月下松

海誓山盟

燃烧的情
爱你的心
无论黑夜到天明
天长地久见真意
定珍惜
定珍惜

泪滴夕阳

雨雾霈
风啸唳
雷公怒吼
银蛇环州
心枉然
眉影叹
云鹤苍鸣露形单
蒹葭呜咽惧惊颤
帘台暗
绸缎凉
拨灯燃起心头亮
曾经相思寄霞光
箫短声长
如影相伴
怅惘
几经愁转
物是人非怨中嫌
泪滴夕阳几回间

清明祭

尘归尘
土归土
奈何阴阳两途
哀思痛楚
今雨落纷纷
缅怀先人
又是一年清明至
冥通纸
香烛祀
跪拜墓碑志
先人泉下知
心碎
心悲
撑除坟头草
旁折茔岁枝
心感
心怀
音容与天在

成长的幸福

母亲将我带到这个世界
睁眼一片净蓝的天
河中的水
树叶摇坠
年年又岁岁
成群的伙伴蹦蹦跳跳
一起快乐的嬉闹
唱出心中的那首童谣
歌声惊散枝头的小鸟
一天比一天长高

父亲带我到街头的路边
浓郁的油炸香四面
手拿葱卷
酥口味绵
年年又天天
学校的老师严肃着脸
眼中的慈祥总闪现

灌输知识一遍又一遍
随着晚霞飞向了天边
一步比一步深远

离开了父亲母亲和学校
梦想的指南路迢迢
风雨欢笑
坚强自豪
年年又朝期
一路走过的万水千山
吉他奏响乡愁深往
心甘情愿将汗水浇注
理想的光芒随歌漫舞
一年比一年幸福

联　　想

走向山坡
坐立于山壑的怀间
让联想的姿态
追赶绿的草
逐梦艳的花
写意的笑飘在天涯

走在山坡的路上
迷茫的心寻找着太阳
这份含蓄的季节
热情却被沉默悄悄遮掩
尔后才发觉
思念是驶向你的诗
只要有你的微笑
一切便是春天
你的遥远
放飞的心该如何飞越

迎接现在

月下的秋天
已分不清叶的颜色
只知道有些枯萎
悄然地落下
渐黄　枯红　伴有暗绿
都随着风
轻轻地走远
有如记忆一般
零落的往事都混混泛黄
逐渐地漫漶
事物经不住时间的催讨
该去的还是会去
要来的始终会来
让昨天远走
用饱满的热情迎接现在
……

离 乡

风叶飘
沉重的双脚艰难地走出了街道
去寻找
属于自己温暖快乐的小巢
没有明媚的阳光
天空皱起灰色的网
在离开家的路上
总是看不到心里的亮光

夜尽深
啤酒带着一天的疲惫开始疗伤
为了你
深邃的目光依然变得畅想
雨水敲打在身上
溅射出期待的坚强
梦飞回到故乡
唯见你一直守望在江岸

七 夕

七月七
牛郎织女聚
夜色相依

银河处
繁星点点重
粼粼水中

半圆心
南北鹊桥情
天地长永

千年爱
晓破离愁来
兮叹
兮哀
乾坤无奈

梦回楼兰

漫漫黄沙
依依白云
楼兰古籥梦里音律
远离的朝代
浮回到现在
千载繁华
红墙碧瓦
儒宗赋
谶纬图
穿越古今时空相融
喃喃的诗韵
阐幽天物中
梦回楼兰
一幅世外仙境
心旷神怡

习习晚风
滋滋细雨

楼兰姑娘身帔霞衣

远去的丽影

明脉的记忆

万种风情

融化寒冰

笔墨迹

胭脂琼

夏暑秋凉岁月匆容

咕咕的醴酒

怨情长刚柔

楼兰姑娘

千里摄香魂味

日月轮回

牵 引

花撒落一地
香漫然散离
在雨中
去搜寻曾经美好的记忆

月一路向西
心难藏忧喜
在风中
接受着无限思念的痕迹

早到的雨淋湿了浮尘
迟来的风惊惶了莺飞
欲走还留
梦亦难休
空空的手拽不动时光回头

向往
期盼

青春草长
还是让岁月牵引
将来彼此要去的地方

倒饮虚壶

论刀海剑山
雨花石畔
新升的月芽稀弱的微光
楚楚垂落在心上
风中的桥栏
梦下的情网
寸寸青丝相思郁酿
缘变过往
花前呢喃
触不及一口虚壶倒饮的夜寒

尝孤胆琴心
云霞山林
峰岩的迭嶂迤逦的身影
苍苍一路云中行
雨后的思念
落日的请柬
暖暖心田千里婵娟

有缘再聚

无缘相离

猜不透的生死将红尘腰间系

阡 陌

阡陌的一阵晚风

送来了轻松

惬意的眉眸释放着笑容

月朵洁白

鞠香花幽静待

而我何不将往事在此掩埋

千里之外

心潮翻江倒海

这逝去的爱

是夜下谢幕最好的舞台

阡陌的阵阵虫鸣

凝聚着欢声

节奏回响出生命的热忱

唧啾互问

那么亲切真诚

仿佛思念中风雨间的热吻

累累月痕

折射心灵无声

唯有这份情

才是人生路上真实的保存

缘分的天空

缘分的天空
有几朵深藏的白云
窥视着喧嚣的站台
还未启程的爱
独自徘徊
是否在期待我双臂的宽怀

缘分的天空
那一片潋滟的大海
随着油轮鸣笛起锚
浪花溅起微笑
桅旗轻飘
满载情涩止不住地心跳
云在追
燕南飞
记得艳阳早春回

风满香

曲悠扬

么朵彩霞留梦乡

春 物

春来浼潋
嫩芽争先吐蕊
将沉睡的疲惫
丢弃在深土中不再理会

新生的珍贵
生活赋予匀称的完美
雨的湿润
滋养茎身
生命就在未来的路上寻真

物境春景
格外清颖
空气漂浮着思绪
宁静迎合着新奇
理想的世界
深望　弥望　了望都是力量
使命　知命　从命赠予花香

爱情的路

你的眼睛热情烂漫
我的嘴角总是逞强
爱情的分享
总是一不小心就会触伤

你的目光柔情饱满
我的心内血液膨胀
爱情的方向
总是牵动着神秘的变幻

爱情的路
熙来攘往
总是在寻找中迷茫
爱情的路
万水千山
总是在道别后难忘
你还是你

我拥抱着自己
仅仅就这一点的距离
也不知让多少情缘擦肩而去

不要用凄酸的泪隐饰自己

不要用凄酸的泪隐饰自己
这只是人生开场的足迹
一段不平凡的经历
磨砺出自强的信心
生活没有所谓的奇迹
只有更好的记忆
心的话语
深藏的秘密
托付给飘荡的流云
将叹息
将失意
抛向千里
不要盲目去在意
保留纯洁填充的内心
撷拾黄昏下的身影
微笑霞光中的美丽

人生一路

虽有雨霾风障　晴天霹雳

也有花开向阳　暗香清馨

魑魅魍魉

天有道　地有道
牛鬼蛇神黑夜嚣
一颗害人心
堪比魑魅厉
久逞世间瘴气阴
自将命逆行
廉生境明
义正堂厅
索缧禁
谢罪万民
还原浩然正气凛

天有光　地有光
妖魔鬼怪无处缠
一颗吃人心
犹如魍魉临
吞噬膏脂祸生灵
饱填自身欲

帝律严威
惩戒法领
缧绁规
作恶累累
扫清重现日月辉

葬 花

你用心结开出了美丽的花朵
我用泪水结晶出粉末的尘落
白嫩的花瓣
夭折在路旁
可知道
那是你结痂的忧伤
我的泪
怨而无悔
静静守护你的心扉
呜咽一阕
那幽郁的气息还未凝结
冥思的向往
祈祷着新生的远方

风掀开了苦涩的浮想
云阻隔了飘零的暗香
将你串成一道心环
用泪水蘸满花瓣

你一样的香
因为有我的遮挡
你一样的美
因为有我的相陪
所有的记忆将走向何方
我不再思量
还是把心掺入泥土成墙
将这份爱的痴望
同你一起被悄悄地埋葬

人生四季

都说爱情是春天的百合
花期初到
闹一闹
笑一笑
一路追赶将爱心拥抱

都说青春是夏天的炙焱
气志年少
跑一跑
跳一跳
理想在胸口熊熊燃烧

都说夕阳是秋天的美好
耄耋将息
摆一摆
摇一摇
看着儿孙慧质的微笑

坟墓是通往冬天的小桥
暮光永照
走一走
停一停
将所有记忆带入窀穸

人生四季
风风雨雨
我们该拿什么去奉献自己
浮浮沉沉
岁月无声
我们又该拿什么去梦想成真
……

冬　雪

寒冷的冬天
有种寂静的感觉
雪花飘落
我用双手托住那圣洁的笑脸
瞬间
整个世界因你而改变

你衷爱白色
清凉的世界里纷飞着快乐
将自己编成一首歌
不时堆积这梦的花朵
远和近
依然保持着那颗幻耀的心

每每这个时候你翩翩而至
因为大地有爱
将你推向季节的拥戴
敞开的心怀

又屏蔽着秋鸿雁哀
银装素裹的背后
想问问
你为何总深情地走来
却又独自地离开

生日快乐

夜静独伤
灯火阑珊
今天是你生日
心甚凄凉
送不出的玫瑰花香
藏不住的爱慕牵肠
遗憾　遗憾
说声对不起
现在我不在人间天堂
心却默默祈祷
年年朝朝
平安福照
借着静静的月光
为你唱一支歌
祝你生日快乐　生日快乐

夜色黯然
风卷云断

今天是你生日

记忆难忘

缺少了鲜花配裙衫

没有了诗意赞凤鸾

感叹　感叹

再多的理由

终究换不回你的原谅

幽暗中的光芒

反复飘荡

无言的沮丧

将落下的泪珠轻弹

心和爱随声附和

祝你生日快乐　生日快乐

明天的早晨

痛　要忍着
冷　须挨着
少了这些蚀骨的感受
我们如何能握紧拳头

血　沸腾着
心　敞亮着
温暖的氛围缠绕着灯
请开启那扇生活的门

爱　烘干着
笑　灿烂着
年轻的梦想落地生根
繁华的前程耀眼动人

我们一直在等

等着明天的早晨
我们一直在问
能否让青春伴随一生

笼　鸟

当鸟儿飞出笼子的困扰

看不清它脉动的心跳

也许是愉悦

也许是哀痛

看着它将辛酸消失在那夜空

当鸟儿穿过岁月的无助

迎来自由的息息春风

大地的模样

来时的晚霞

梦中的天堂找寻着陌生的家

生活又是一片明亮

静仁月下的高岗

希望寄向远方

那份思量

那种向往

折叠出一双雄鹰的翅膀

缓缓地飞向苍茫……

如　果

如果上天让你我相遇
感谢这生命的奇迹
如果阳光再碰上下雨
请不要将我放弃
心不再囹圄
泪已经淘尽
站在人生的舞台
悉数无言的感慨
只愿为你
放光彩

如果老天将我来垂怜
让我再看看你的脸
如果相恋注定要分别
何苦多一次缠绵
歌忧伤淋漓
情燃烧不尽
望着千山的雄风

心如万水的流动

只因有你

在心中

孟婆汤

传说中
有一块用青石雕琢的碗
盛满的汤
渗透出丝丝凄茫
看着人流跌跌跄跄
孟婆的汤
神奇的力量
让今生裂肺穿肠
让来生不再相望
结束情海烟波中迂回的消亡

你会一直忘记
我也不会记起
只好将你的名字刻在手心
不觉地张开
就会忆起走过的方向
一线情丝长
二份缘浅短

三生石旁

缭缭返魂香

滢滢细水渡鸳鸯

伤　秋

难觉然

夜竟深

蛩虫吞晃鸣声

心闷怫郁而沉

伤秋

月色依然陈旧

春望回首

融雪燃烧点亮黑暗的阴陋

叛逆终成光明的死囚

不怕回头

就怕梳理发丝现白愁

根根牵心走

枫叶窜地随处漂流

挡不住红颜落地休

寒露尽

萧风侵

彻夜难将息宁

沉没岁月里的狂风暴雨

释怀梦想中的风和日丽

情　蛊

一段苗家的风情
一种神秘的身影
千年沿袭
山水的翠绿
天蓝蓝
风飘扬
阳光照出花样的脸庞
甜美的歌
香醇的酒
一口绵过青山悠

苗家的舞
苗家藏情蛊
那是为爱种下的毒
快乐去旋转
温情将心蘸
日落西山有爱要担当
情深深

相印唇

此爱不能分

否则情蛊裂心魂

寒宇宽善的门

进出真意人

白衣的爱

我是天使
所以用细心去还原曾经的美丽
我是天使
所以用纯洁去洗净疾病的折磨
一遍一遍
巧用那温暖的小手
去划开那伤痛的眼眸
家的等候
总是交付在夜静的深秋

我是天使
用赤诚去复原一颗健康的心
我是天使
用敬业去完成那一生的使命
将心为灯
默默照亮患者的悲吟
无声搀扶柔弱的身影
白衣的爱

用康复驱逐病痛去走向未来

你的健康
我的快乐
让高尚的医德滋润心灵
让崇高的理想伴随岁月
一首爱的歌
让我陪着你迎战病魔
一首爱的歌
今生的幸福就是给你们最好的呵护

尸香魔芋

总以为你是一个传说
在神话的世界里
却神秘地左右闪烁
你有巨人的外形
你有摄人的脾气
默默守护
那些没有了灵魂的躯体
逝者已去
逝者已去
你总用浓烈的鼻息
驱赶着鼠盗虫蚁
无所畏
无从惧
腐臭是你的武器
高大是你的威力

终于看到了魁伟的你
让人如此的惊奇

重现人间的翩翩情意
为何是这般创新
肃颜得那么谜题
静静伫立
紫艳掩饰不了你身体的奇异
惊绝风傲
惊绝风傲
七年的等待奔放着短暂的花俏
我只能用深情将你拥抱
历苍桑
从容望
几度心香照肝胆
一身臭美压群芳

雪　莲

听说天山有种雪莲
不会轻易让人看见
开在岌岌的雪崖边
绚丽灼眼

望着雪恣意地落下
寻找着这圣洁的花
神秘的幽香绕断崖
云翳归家

刺骨的寒冷
飞雪的狂奔
却然一生只为情所困
将那份美
幻化出娬娟的魅
大风吹压不怕
大雪意气开花
白无瑕

眼中世界的千变万化

洁无双

静默大地的巍峙欣然